KB147103

푸른사상
시선

57

우포늪

손 남 숙 시집

푸른사상
PRUNSASANG

푸른사상 시선 57

# 우포늪

인쇄 · 2015년 7월 25일 | 발행 · 2015년 7월 30일

지은이 · 손남숙
펴낸이 · 한봉숙
펴낸곳 · 푸른사상
주간 · 맹문재 | 편집 · 지순이 | 교정 · 김수란

등록 · 1999년 7월 8일 제2-2876호
주소 · 서울시 중구 충무로 29(초동) 아시아미디어타워 502호
대표전화 · 02) 2268-8706(7) | 팩시밀리 · 02) 2268-8708
이메일 · prun21c@hanmail.net / prunsasang@naver.com
홈페이지 · http://www.prun21c.com

ⓒ 손남숙, 2015

ISBN 979-11-308-0491-0 04810
ISBN 978-89-5640-765-4 04810 (세트)

값 8,000원

우포늪

음악을 오래 듣다 보면 각각의 악기들이 내는 소리가 귀에 와 안기듯이 늪을 듣고 나면서 꽃과 새들이 내는 소리를 세심히 들을 줄 알게 되었다. 그게 어디에서 흘러온 생각인지, 왜 그토록 새에게서 다정한 마음을 읽는지, 어디에도 너는 없는 것인지.

2015년 6월
손남숙

## 제2부

**제4부**

제1부

# 늪의 수레바퀴

새들의 발가락에 새겨진 수만 리 시간이
늪의 수레바퀴를 돌린다
서쪽에서는 벌써 묘연한 무늬의 폭발이 일어난다
저렇게 구름의 바퀴살이 뭉게뭉게 떠오를 때에는
빛나는 색들이 뒤에서 받쳐주고 있는 것이다
점점 묽어지고 서늘하게 사라진다
저렇게 사라질 줄 알아야 한다
홀가분하게 아침을 맞이하려면
나는 전날에 들이킨 불평을 다 게워낸다
새의 발에 마음을 얹었다

# 날아가는 새와 남은 새

나무의 흰 뼈가 드러나는 숲에서 새들이 날아오릅니다
나란히 줄을 지어 허어헝 허어헝 울리는
고라니 소리를 느끼며 흰색을 퍼뜨립니다
퍼뜨리는 것은 틈과 공간을 배분하는 것이고요
날갯짓하는 운동과 공기의 속도를 가로지르는 것입니다
날아가는 새들이 적어놓은 바람은 남은 새들의 이마에 닿
지요
아, 저렇게 날아가면서
뒤에 오는 새들의 웅성거림을 배려하는 것이지요
잘 가요, 남은 새들이 이렇게 말한다면
날아가는 새들이 좋아했을까요
그렇지는 않아요
남은 새들은 날아가는 새들을 가만히 바라보아요
날아갈 때를 알아보려고 안녕, 그러면
날아가던 새들이 돌아와서 같이 가자고 말할까요
그건 또 아니고요
날아가는 새는 날아가고 남은 새들도 날아갑니다

멀어지는 풍경과 가까이 오는 풍경을 늦가의 은사시나무
는 알지요

　　새들이 지나간 후 더 크고 완전한 흰색이 남게 됩니다

# 꾀꼬리

노란색을 말할 때 사람들은
질투와 시기 경쾌하고 쌉쓰름한 리듬을 떠올리겠지만
노란색은 스스로 변형하는 색이다
노란색은 뛰어오르고 날아가고 펼치고 솟구친다
노란색이 두드러질 때 미친 마음의 발작
새는 날아오르고 노란색도 날아오른다
꾀꼬리는 아름답고 노란색 또한 그렇다
노란색이 노래할 때 꾀꼬리는 비로소
날개를 가진 새의 운명을 받아들이게 된다
천적에 대한 새의 인식은 눈썹 선으로 나타난다
꾀꼬리의 두 눈을 가로지르는 검은 선
그것은 두 개의 검은 눈동자를 위한 위장이 아니라
새의 감추고 싶은 마음을 선명하게 묶어놓은 것이다
파랑새가 파란색이 아닌 것과 같이
꾀꼬리도 노란색이 전부는 아닌 것이다
노란색은 울고 꾀꼬리도 운다
새호리기에게 빼앗긴 꾀꼬리 새끼는 노란색이 찢어진 채
포식자의 부리 안으로 사라진다

어미는 부리 안이 헐리도록 울부짖지만 노란색은 흩어지고

마침내 사라지는 약자의 색

슬프게도 노란색은 계속 노란색이다

꾀꼬리는 노랗다

# 마름과 배

마름은 물을 따라 자꾸 밀린다
늪이 물을 내어보내려고 마름을 젖힌다
물속이 맑개진다
마름은 물을 거역하지 않고
물속을 들여다보는 새들과 함께 틈을 만들어낸다
물을 벌렸다가 다시 포개어놓을 때마다
잎이 붉어졌다 푸르렀다 한다
늪 가장자리까지 밀려간 마름은
목이 잠길 때까지 붉어진다
물에 가까울수록 녹색이 선명하다
맑어지는 것과 뒤집어지는 것
사라지는 것과 갈라지는 것 사이에 길이 생기고
길은 또 다른 길을 물밑에 넣어둔다
새벽에 나갔다 들어오는 장대거룻배에는
길을 받쳤던 물빛이 축축하게 달라붙어 있다
다가올 시간들이 둑 어귀에 붙들린다
둘레가 그득하다

# 꽃잎의 늪

늪에서 새들이 일어날 때에는 커다란
꽃이 하나 움직이는 것 같다
꽃잎이 꽃에서 멀어지면
물에 남은 새들이 남은 꽃잎을 챙기려고 발돋움을 한다
새들의 꽃에서 읽어야 할 노래는
진흙에 붙이고 있는 흡착력이 좋은 발바닥
놀라운 리듬이 얹히는 부리들
깃털에서 쏟아지는 빛들은 천천히 규칙을 따라
꽃의 세부가 되어간다
진흙과 물갈퀴
검은 뺨에서 묻어나는 꽃술의 기억
수천 시간의 날갯짓으로 다져온 기후대
수천 마디의 허기와 침묵으로 도달하는 말들
늪은 식물의 발자국을 새들의 발에 고루 채워준다
꽃 아래가 더 크고 아름다워진다

# 새의 주름

날개는 새의 또 다른 입

다물리고 열리는 과정을 하루에도 수백 번 되풀이한다

말을 잘 하려는 것이 아니라 잘 듣기 위하여

가벼움과 진중함 사이

깃털은 바람을 물리치고 가볍게 파고들어

허공의 주름을 열고 닫는다

흘러가는 세계의 지붕

새들이 날아간 후 하늘엔 새하얀 구름이 남고

뒤늦게 날아온 새들이 그 구름을 접어서 깃에 넣는다

겹치며 흘러가는 주름들

큰고니 날개 안에는 가장 큰 무늬

그보다 조금 작은 무늬

두 개의 무늬보다 훨씬 더 작은 무늬들이

깊은 해안선이나 협곡처럼 펼쳐지고

날개를 접을 때마다 숨겨온 리듬이 돋아난다

그처럼 안을 밀어내고 밖을 밀어오는 물결은

큰고니의 날개 바깥쪽에 머무는 가장 큰 깃털이

세상에서 가장 벅차고 용감한 음악을 횡단하려고
접었다 펴는 일
놀라운 연주가 시작된다

# 새의 허

새는 안다

누군가 자신을 지켜보고 있음을

새를 보려면 새가 보지 않는 곳을 보아야 한다

새의 허를 찔러야 한다

방심하는 순간을 노려야 한다

그러나 나는 새의 허가 어디 있는지 알 수 없고

새의 허기를 발견하는 순간

새도 그 즉시 자신의 허를 알아차릴 것이라는 것을 안다

높은 가지의 새는 등 뒤의 나를 잠시 잊을 수 있다

만약 눈앞의 새가 별안간 날아간다면

나는 그때 새의 허를 보는 것인지

새의 방심을 읽은 것인지

새가 나를 모른 척한 것인지 알 수 없다

나는 새를 올려다본다

새는 나를 내려다본다

올려다보고 내려다보는 그 사이 어디쯤에 허가

예측할 수 없는 허가

오리무중의 허가 있다고 생각하는 순간

나는 다만 날아가는 새의 뒷모습을 볼 뿐이다
내 허가 찔린 것이다

# 물총새

물총새는 돌연 선회하여 풀숲에 뛰어든다
자신을 지켜보는 한 눈동자를 알아챘다
갈댓잎에 앉아 사냥을 계속할 것인지 판단해야 한다
물총새는 벌새처럼 공중에 떠서
내가 숨을 한 번 참는 사이 다섯 번의 날갯짓을 한다
새의 눈은 쏜살같이 표적을 향한다
표적이 된 나는 물총새의 꽁무니를 쫓아 허둥지둥한다
새는 얼마든지 나를 놀릴 수 있다
물총새는 계속 자리를 바꿔가며 물고기를 노리고
잡으려는 새와 잡히지 않으려는 물고기
새를 보려는 나와 들키지 않으려는 새 사이에는
보이는 색과 보이지 않는 호흡이 있다
물총새는 뜸을 들이지 않는다
백로처럼 발을 흔들어 물고기를 유인하지도 않고
해오라기처럼 포복하지도 않는다
물총새는 물속에 내리꽂히듯이 뛰어들어 물을 울리고
물을 둥글게 파내어 물고기를 집어낸다
물고기의 꼬리가 부르르 떨리다가 멈춘다

물총새의 눈과 물고기의 눈이 마주치는 순간

나는 어디에도 없는 사람

물총새는 사람 따위 관심도 없었다

물고기를 삼키고 유유히 자리를 떠난다

# 새는 가볍다

새들의 허벅지에는 남다른 신중함이 있어
부드러운 곡선을 입은 듯
재빨리 날아오를 수 있는 비범함이 장전된 것과 같이
물이 꽃처럼 피어나 화들짝 놀란 시간을 발부리에 채워준다
세차게 발달하는 방향성
뿜어내는 둥근 날개의 움직임은
가볍고 구멍이 많은 뼈에서 전달되는 것
비어 있는 곳에서 공기들은 압축되고 단단해진다
새는 가볍다
언제나 가볍다

# 가시연꽃에 머문 말

여름날 그득하게 물고 있는 물의 문장

나는 식물 하나하나를 호명하여 늪에 빠진 구름을 타이핑
한다

어쩌면 저리도 할 말이 많을까

새들이 흩어놓고 간 물속을 돌려놓을 생각을 했을까

활자를 바꿔 끼울 때는 녹색 군락이 뭉클하게 흔들린다

나는 여름날의 뜨거운 독서가 마음에 든다

가시연꽃은 불이 붙은 것처럼 가시를 껴안고

밤을 보내고 아침이 되어도 잎 끝에 머문 말은 남아 있다

개구리가 먹지 않는 개구리밥

자라가 속지 않는 자라풀

장대 같은 비가 쏟아져야 비로소 늪은 물고 있던 활자를
놓아준다

물에 지워지는 기억을 꽃과 열매로 갈아 끼우면

숨어 있던 이야기들이 타닥타닥 소리를 낸다

새들은 벌써 줄거리를 알고 예약하고 갔다

# 원앙과 기계 덩어리

논두렁에 앉은 원앙은 귀를 바짝 세운다
방금 이상한 소리를 들었다
인간이 몰고 다니는 기계 덩어리에서 나는 소리
어떤 사람이 차를 세우고 창문을 내린다
새에게는 명백한 문제이다
달리는 차가 멈추고 사람의 눈이 바삐 움직인다
원앙은 왜 기계 덩어리가 멈추었는지 알고 있다
미묘하게 간지럽고 미묘하게 위험하다
원앙은 평온한 삶에 갑자기 끼어든 소리를
조심스럽게 지켜본다
소리가 달릴 때에는 조심하지 않아도 된다
소리는 새들을 지나쳐 가던 길을 계속 갈 것이다
하지만 소리가 멈출 때에는 분명 문제가 있다
문제가 문제를 몰고 다닌다 틀림없이
소리의 변경은 새로운 적의 형태
가장 의심스러운 소리는 차 안에서 숨을 죽이고
어떤 소리가 생기기를 기다리는 눈동자

어떤 소리를 만들어내려고 준비하는 손
사람이 조작하는 소리를 새들이 긴밀히 엿듣고 있다

# 파랑새 무정한 사랑

파랑새 암컷이 전깃줄에 앉았다

수컷이 조심조심 다가와 옆에 앉는다

부리에 먹이를 가득 물었다

서로 수줍어하네 어머어머 눈치 보네

수컷은 먹이를 꽃다발처럼 물고 고백한다

내 사랑을 받아주오

분위기 딱 좋은데 갑자기 어디선가 부릉부릉

오토바이 소리에 깜짝 놀란 파랑새 암컷

사랑이고 뭐고 달아나기 바쁘다

속상하겠다 수컷


다시 파랑새 암컷이 전깃줄에 앉는다

파랑새 수컷 등장

어째 이상하다 서로 내외하듯 멀찌감치 떨어져 앉았다

달콤한 순간은 사라지고

깨져버린 분위기

흠 시간은 자꾸 가는데 애가 타는데

수컷이 공중을 한 바퀴 돌고 온다

암컷에게 통통한 왕잠자리를 잡아주고 싶은데
몇 차례나 선회했는데 이런 낭패가 있나
공중에 버글버글하던 잠자리
오늘따라 한 마리도 잡히질 않는다
암컷은 실망한 눈치
타이밍을 놓쳤다 이런 바보

# 새가 좋아한다

나는 점점 새를 닮아간다
새에게 잘 보이기 위해서
새처럼 보이기 위해서
사람 냄새 빼놓고 다닌다
새가 놀라지 않도록
내 옷은 낡고
내 얼굴은 흙처럼
새들은 해마다 다채로운 색으로 갈아입지만
나는 날마다 색을 빼고 물이 빠지게 한다
새들이 몰라보도록
나는 시든 풀이나 썩은 나무둥치와 같은 색
새가 나를 좋아한다

# 하루살이와 참새

하루살이들이 뭉글뭉글 솟아오르고 있었다
언덕에는 풀이 우거지고 거름더미가 쌓여 있었다
참새 한 마리가 뽀리뱅이 조뱅이꽃이 한들거리는
풀밭에 팔짝 뛰어내렸다
땅에 착지하려는 것이 아니었다
그럴 생각이 없었다
참새는 조뱅이의 단단한 꽃에 앉을 참이었다
거기에서라면 하루살이 몇 마리쯤 쉽게 삼킬 수 있다
참새는 조뱅이 줄기에 매달려서 흔들렸다
흔들리면서 보라색 꽃에 가려질 날개를 생각했다
참새의 깃털은 밝은 갈색이고
조뱅이꽃은 짙은 보라색으로 자신을 뽐내고 있었다
꽃이 자신을 알리려는 것을 말릴 필요는 없었다
참새는 꽃의 보라색에 매달려서
늦가의 하늘을 뿌옇게 뒤덮어오는 하루살이를
가만히 바라보았다
서두를 필요가 없었다

# 새

높이 솟구치는 새
바람의 깃털을 고르는 새
먹이를 찾는 새
허공을 파고드는 새
걸어가는 새
우는 새
소리의 팽창을 엿듣는 새
뼈가 가벼운 새
풀밭의 새
꽃에서 노을을 읽는 새
아는 새
눈치채지 못하는 새
날개 안에서 숨 쉬는 새
날개의 끝을 보는 새
눈에 보이는 새
눈에 보이지 않는 새

어디에나 있는 새

어디에도 없는 새

제2부

# 누가 누가

어느 날 벌은 거미를 사냥했지
거미는 둥근 배를 뒤집고 땅바닥에 쓰러졌다네
거미는 자신의 삶이 허공이 아니라
바닥에서 끝난다는 사실을 믿을 수 없지만
이미 독 기운이 팔 다리에 번지고 있다네
벌은 맛있는 식사를 하겠지
구름은 높이 떴지
여름은 지나가지

왕잠자리 한 마리 거미줄에 걸렸다네
주인은 어디 가고
하루가 가고 이틀이 가도 허공에 붙어 있네
왕잠자리 몸은 활짝 펼쳐진 채 말라가네
거미줄에 걸린 왕잠자리는 누가 먹나
바람은 멀리서부터 불어오지
새는 높이 떴지
삵은 풀숲에 숨어 있지

## 늪은 카펫 공장


물은 색을 풀고
물은 색을 흔들어서 다른 색을 만든다
대체 무슨 일이 일어나고 있는 것일까?
물의 공장에 한 번쯤 귀를 기울여본 사람은 사실
색의 진짜 친애하는 이웃은 소리라는 것을 알 것이다
그렇다면 소리가 색을 만드는 것일까?
소리는 색의 받침과도 같아서
식물의 씨앗을 층층이 쌓아놓고
저 강바닥 기슭에서부터 소리를 쏘아 올린다 그러면
늪의 표면에 연둣빛 꼼지락거림이 올라온다
식물은 소리들이 잘 이어지게 물에 바짝 붙어 다닌다
아직은 물의 벨트가 헐렁헐렁하다
물은 색과 소리를 알맞게 배접한 다음
늪의 이 끝과 저 끝에 앉힌다
생이가래와 개구리밥이 마름을 에워싸고
매자기와 줄이 바깥을 둘러서면 이윽고
물은 색을 열렬히 비비는 일을 시작한다
황홀한 저녁의 꽃이 올라오고

새들이 사막의 모래바람같이 타오르는 불을 휘감을 때
물은 빠르게 제 모습을 풀어서 거대한 녹색 카펫을 짠다
8월의 늪에는 식물의 씨줄 날줄이
뜨겁게 뭍과 물을 오가는 소리를 들을 수 있다
가시연꽃이 힘을 주어 도장 찍는 소리
완성이다!
사람들이 열심히 사간다

# 버드나무는 제 몸을 흔들어 바깥을 끌어 모은다

다물어진 몸에서 보송보송한 봄이 터져 나온다

미처 알리지 못한 기별

발끝을 들어서라도 빛을 그러모아

휘어진 가지 끝에 매단다

한 방향으로만 줄기차게 애정을 바치는 나무의 경애가

갯가의 희미하고

어두운 길 밖에서 흐드득 날린다, 떨어지는 애틋함

뽀얗게 드러난 상처가

바깥을 돌아서 다시 제 밑으로 와 쌓인다

# 나비들

움직임이 없는 세상을 구동하기 위해

많은 양식이 필요한 건 아니다

살짝 들어올리기만 하면 된다

활짝 펴기 위해 고치 때부터 힘껏 매달렸다

나비의 날개는 고요하다

새처럼 소리를 내지 않고도 꽃의 표정을 읽는다

우아한 착지와 훌쩍 떠남

가늘고 긴 다리

곤봉 모양의 더듬이를 체조 선수처럼 유연하게

스치고 닿고 구부리면 된다

나비들

사랑스럽고 솔직한 무늬를 가진 뜻밖의 기쁨들

이 꽃과 저 꽃 사이를 건너다니는 부드러운 마술은

짧은 생을 음미하는 동안

수만 개의 놀랍고 은밀한 사랑을 격려한 후

사라진다 문득

# 왕버들이 빨아들이는 나

왕버들 안은 커다란 눈동자를 거느리고 숨은 거인의 얼굴

동굴과도 같은 그 눈길에 선뜻 다가갈 수 없지만

용기를 내어 내 걸음을 허락받는다

나는 휘어진 왕버들 아래 굽이치는 물빛에 매료당했다

검은 눈동자 안을 들여다볼 수 있다면 그 손을 뿌리치지

않으리라

나무는 눈알을 굴리며 어서 오라고 손짓한다

간밤의 줄거리가 고요하다

내 어깨를 짚는 무엇인가를 느끼지만

그게 나무의 손이라는 것은 알지 못한다

나는 돌아보지 않으려고 발에 지그시 힘을 준다

어서 저 나무의 눈알을 만지고 싶다는 생각뿐이다

과연 저 검은 눈이 내 눈을 마주할 것인지

아니면 흔적도 없이 빨아들여 이후로 다시는

얼씬도 하지 못하게 만들 것인지

흰빛이 지나가는 건 백로의 날개이다

나뭇가지 아래로 조용히 지나가는 것은 흰뺨검둥오리들

이다

누구도 소리를 내지 않는다

왕버들 아래에서는 모두 입을 다문다

내 입술에 나무의 그늘이 들어와서 아무 말도 할 수 없는
날이 온다

# 웃는 풀

초봄 길가의 풀밭이 새치름하다
꽃다지 민들레 광대나물 같은 것이
먼지 흠뻑 뒤집어쓰고 호호호홍 웃고 있다
왜 웃을까?
봄기운이 달달해서 취한 건가
풀이 요래조래 배배 꼬고
저들끼리 재미난 이야기라도 하는가 싶어
나무 꼬챙이를 들고 풀밭을 뒤적여보았다
어랏 까맣게 녹슨 동전 하나 납죽 앉아 있다
무거워서 저러는가
아니 풀도 돈이 좋아서 저리도 웃는가
가만 보니 광대나물 잎이 파르라니 떨고 있다
어쩌면 돈이 무서워서
아니 십 원이 적어서인가
맛이 이상해서일지도

# 입

늪에 사는 사람의 입은 물고기 입도 되고
고라니 입
멧돼지 입이기도 해서
예쁘기도 하고 깜찍하기도 하고
캄캄하기도 하고
붕어의 입으로 깜박거리는 사람
꽃의 입으로 오물거리는 사람
말을 할 때 입에서 나오는 어둠
어디든지 날아가서 번진다
결국은 늪에 빠진 이야기
당신보다 더 외롭고 쓸쓸하다는 이야기
잉어는 뻐끔뻐끔 입을 벌리고 물 위로 떠오른다

# 언제나 어딘가에

새들은 언제나 어딘가를 날아가고 있다
가볍게 내려앉기 위하여 접는 날개
가뿐히 날아오르기 위하여 펴는 날개
오므림
두드림
기다림
새들이 착지할 때 소리 없이 두드리는 것은 물의 기쁨
새들이 날아갈 때 재빨리 사라지는 것은 먹이의 색
높이 떠오르는 새들은 어떻게
그 많은 시간을 이곳까지 데리고 왔을까
언제나 어딘가에
누군가의 기억에 꼭 맺히는 새

# 새들의 공장

새들의 몸에는 신기한 공장이 들어 있다

실 뽑는 소리 들리지 않는데 비단보다 가볍고 매끄러운 옷
감을 둘렀다

박음질 소리 들어본 적이 없는데 금세 옷 한 벌 갈아입는다

철마다 다른 색 다른 무늬

우아하고 산뜻하고 황홀하고 아름다운 패션을 뽐낸다

일꾼도 없이 공장장도 없이 직물 공장 염색 공장 봉제 공장

어떻게 그 많은 공장을 돌리는지

가벼운 몸에서 어떻게 색색의 삶을 만들어내는지

자체 생산 완벽히 자본으로부터 독립적인 새들의 공장

# 리듬

생이가래의 불규칙한 선율은 늪의 다른 수면에 도달하자마자 조용히 밑으로 유영하듯이 숨어들어가 색을 거둔다

처음에는 그것이 가라앉은 음악인 줄 알았는데 잠시 후 놀랍도록 뜨겁고 격렬한 음계가 파도치듯이 솟아오르는 것을 보게 된다

불규칙을 규칙으로 세우는 역동적인 연대가 어찌나 긴밀한지 황홀한 줄무늬에서 놀라운 절정이 기다리고 있다

거기엔 온전히 힘을 다해 사라지는 자연, 밀려들어오는 물을 켜켜이 쌓아서 정렬하는 흔적들의 늪이 수면을 두드리는 것이다

생이가래의 노란색 포자와 붉은 가시연꽃 사이에 말할 수 없이 쓸쓸한 회색과 물옥잠의 보라색이 넘나드는 것은 분명, 바흐를 닮은 것이다 그렇지 않고서는

저 색의 수만 리 접힌 식물의 등이 색을 늘이고 색에게 다

가서고 반복적으로 스미어가는 리듬을 맨눈으로는 볼 수가
없다

　음악 한 올 한 올마다 엉긴 기억이 재배치된다

# 똥

대대제방에는 섬서구메뚜기 두 마리

멧돼지가 싸질러놓은 질펀한 똥에 앉아서

열심히 양분을 빨아먹는다

흰나비 노랑나비도 똥 먹는다

네발나비도 똥 먹는다

홍점알락나비도 똥을 먹는다

늪은 가시연꽃이 만든 거대한 녹색 똥

백로는 녹색 위의 하얀 똥

왜가리는 회색 똥

고라니는 달리는 똥

물자라는 기어가는 똥

미루나무는 흔들리는 똥

흥건하게 고인 똥

한꺼번에 날아가는 똥

슬슬 움직이는 똥

찰싹 붙은 똥

똥똥

서로 긴밀히 연락하는 똥

모두를 즐겁게 하는 똥

똑똑한 똥

# 노는 새

큰기러기 두 팔을 옆구리에 착 붙이고

허공에 퍼진 공기를 음미한다

허공을 배 아래에 두고 잠시 정지 상태가 된다

이때 허공은 새의 놀이기구가 된다

허공을 가지고 노는 새

놀 줄 아는 새

날개를 접고 공기를 밀어낸다

허공이 흐물흐물해진다

저항하지 않는 세계가 새의 몸을 한 바퀴 돌아서

물 위에 차르륵 박힌다

잘 익은 허공들이 새의 부리에서 날개로 전달된다

새들의 배가 불룩하다

공들이 둥둥 떠오른다

# 나와 같이 듣는 빗소리를 듣는 새

비는 나무 아래로 흘러내리면서 끊임없이 초록을 닦는다
굵은 빗방울은 둥글고
꽃잎 하나 흩날려 빗물에 붙을 때 또 둥글고
빗소리 애틋하게 마음에 붙는다 역시 둥글다
늪에서 올라오는 식물들 몇 뼘은 크겠다

# 새에게

푸르디푸른 시절에 나는
혼자 혀를 구슬려 한 이야기를 봉인했었네
한 입술이 다른 입술로 건너갈 일은 만들지 않았네
잇새에 살랑거리는 움직임
어느 날 입안에 초록색 이끼 같은 것이 돋았네
불편한 잠을 자고 나면 색이 검게 변했네
꿈에 어린 물고기들이 들락날락
내 혀를 쪼아 먹는다는 걸 알았지
이끼가 불어나서 점점 입을 열 수 없게 되었네
말할 때마다 꺼끌꺼끌하게 밀려나오는 이게 뭔가
내가 내 이야기를 먹고
비로소 내가 되는 이야기를 시작한 거야

# 꼬리에 꼬리를 물고

뻐꾸기 제비 딱새 멧비둘기 꾀꼬리 개개비

찌르레기 파랑새 흰눈썹황금새

선버들과 왕버들이 햇빛 나누는 소리

새들이 밥 먹으러 나오는 시간

사람들은 일하러 가는 시간

청딱따구리 드르륵 나무 파는 소리

꼬리를 까딱까딱 흔드는 시간

식물의 꼬리는 말려 올라가는 시간

봄은 세상 만물이 꼬리 치는 시간

가만히 앉아 있으면 눈앞에서 꼬리들이 춤을 춘다

꼬리에서 소리가 스미어 나온다

꼬리를 가진 소리는 땅속에 들어가

푹 익은 후 다음 해에 푸르러진다

풀밭에는 까마득한 노래들이 씨앗으로 들어가 있다

씨앗은 소리의 알갱이

맛있는 악보가 되어 새들의 부리에 끼워진다

꼬리에 꼬리를 물고 노래들이 운반된다

제3부

# 기다리고 있다

기다리고 있다 비 그친 후에는
눅눅함이 사라지기를
방아깨비 사마귀 무당벌레가 깨어나기를
왕잠자리 실잠자리의 보드라운 날개가 마르기를
빨간 날개를 삼키는 노란 날개를 잡는 파란 날개
세상의 모든 날개들이 빛나기를
물기가 마를 때까지
지켜보고 있다 방심하기를
파랑새 제비 물총새 백로 왜가리가
물에 사는 벌레들의 색이 올라오기를
비늘과 아가미 지느러미가 펄쩍
뛰어오르기를 기다리고 있다
잡아먹으려고

# 개구리의 비밀

한밤중에 펄쩍 뛰는 개구리 한 마리

전등불 아래 자신의 빛나는 초록을 움찔거린다

초록은 자연의 색

어떻게 하여 비자연적인 거실에 들어왔는지 알 수 없다

텔레비전 뒤에서 펄쩍 뛰어오른다

화분 밑에서 펄쩍

창틀에서도 펄쩍펄쩍

잡으려고 하면 숨어버리고

불을 켜면 손 닿지 않는 깊숙한 곳에 들어가 있다

어느 날 화분을 옮기다가 죽은 개구리를 발견한다

딱딱하게 말라붙은 검은 덩어리는 엎드리고 우는 것 같다

잘못했다고 비는 것 같다

개구리가 집으로 들어온 것이 잘못인지

필사적으로 자연으로 돌려보내지 않은 내 잘못인지

여름은 뜨거웠다

캄캄한 밤중에 들었다 그 소리

소리를 찾으려고 불을 켜면 사라지고

불을 끄면 다시 들리던 개구리 소리

잠들 수 없는 밤에 나는 개구리를 탓했다

개구리가 뛰는 밤을 원망했다

축축한 피부 잘 달라붙는 발가락

큰 눈과 울음주머니는 딱딱하게 요약되어 창 밑에 숨었다

여름을 지나는 동안

죽음의 과정이 진행되고 있었던 것이다

검은 덩어리는 내가 알지 못하는 세계의 어두운 비밀

나는 정말 몰랐다

개구리가 그렇게 참혹하게 죽을 줄은

내가 알려고 하지 않으면 볼 수 없는 진실

내가 듣지 않으면 알 수 없는 현실

그처럼 조용히 엎드린 삶은

오래도록 죽어 있었던 개구리와 다를 게 뭔가

펄쩍펄쩍 개구리 한 마리 매일 귓가에 뛰어오른다

# 꽃과 새들이 열람하는 우포늪

새들은 물이 들어오는 버들숲에 모인다
물이 지나갈 때의 늪은 복잡하지 않은 이름
흘러온 그대로의 멜로디
새들은 나뭇가지에 앉아 열심히 벌레를 잡는다
나무 한 그루가 가짓수 많은 밥상이어서
새들은 계속 날개를 퍼덕거리고
위치를 바꾸어가며 나무의 구석구석을 훑는다
새들이 들어앉아 있으니 가지마다 잎사귀 등이 켜진다
새들이 읽는 꽃을 나는 가만히 눈으로 외워둔다
읽을 책이 또 하나 늘었다

# 즐거운 책

따뜻한 색은 발견되는 색

어디선가 따뜻하게 데워져서 날아온다

겨울 빈 가지에 온몸이 갈색으로 변한 새들이 앉아 있다

나무와 새는 한 가지에서 나온 한 줄의 음성인 양 조잘조잘

실타래 같은 작은 새들이 어디선가 풀려나와

가느다란 꽁지를 흔들고 날아갈 때

겨우내 엎드린 풀과 나무 사이를 누비는 책들이 있다

봄은 반갑게 맞이하는 색

읽기도 전에 노랫소리가 들리는 페이지

즐거운 책 우포늪

# 보리밭의 어린 찌르레기

어린 찌르레기 한 마리 보릿대에 앉았는데
몸을 가누지 못하고 흔들흔들
똑바로 서지도 못하고
자꾸만 이랬다저랬다
깃털 속을 헤집었다가 머리를 긁어보았다가
지켜보는 게 부끄럽다는 듯이
나는 막 나왔다고요
서툰 몸짓을 알아차리면 안 돼요
보리가 누렇게 익어가요

# 8월

여름비는 빠르고 경쾌한 리듬으로 늪의 무늬를 바꾼다 빗방울은 두근거리는 잎과 앙증맞은 흰 꽃들 사이를 뛰어다니며 불룩해진 늪을 평평하게 당겼다가 쏘삭쏘삭 귓속말을 하다가 악기 줄을 퉁기듯이 슬쩍 늪 가장자리에 부려놓는다 점점 굵어지는 초록이 풍경의 한가운데를 지나간다 둥근 가시연꽃은 물풀들 사이를 지그시 누르고 물억새는 제방을 솟구치듯이 올라가 있다 고요하지만 무서운 녹색의 뻗침이 물의 압도적인 영향 아래 놓인다

# 달에 가는 달뿌리풀

달뿌리풀은 스스로 걸음을 만들어내지
땅에 걸쇠를 잠그듯 뿌리들을 내리고 어디든지 가는 거야
물만 있으면
달 밝은 밤에는 특히 흰 뿌리를 드러내고
거꾸로 걸어가는 길을 볼 수 있지
그리운 달과 늪 사이를 건너려고 그렇지만 진짜 좋아하는 것은
달이 아니라 물이야
달에 가는 줄 알지만 뿌리로 기어가니까 달뿌리풀이지
겨울에는 물속을 내려가 구름이 둥개둥개 일어나는 것 같지
물에는 크고 둥근 달이 매일 뜨거든
물속의 달을 만나려고 하염없이 걸어가는 달뿌리풀을 보면
아, 저기 구름이 주렁주렁 달려서 가네
그렇게 말하게 된다니까

제 몸의 마디마디를 늘이고 잎과 줄기 사이를 머뭇대다가
끝내는 사라지고 만다니까

# 왜가리 고독

왜가리는 회색 외투를 입은 신사 양반

어찌나 예민한지

슬쩍 쳐다만 봐도 왝왝 소리를 지르고 날아간다

왜가리는 키 큰 소나무 가지에 우뚝 서서

멀리 내다보는 것을 좋아한다

전망 좋은 곳에 있으면 소화도 잘되는지

똥을 철퍼덕 싼다

한여름에는 날개를 모시 적삼인 양 펄럭거리고

바람 잘 통하라고 다리를 쩍 벌린다

정성껏 깃털을 손질하고 긴 목을 뽑아서 하품을 한다

가려운 곳은 발가락으로 벅벅 긁고

깃을 늠름하게 세운다

왜가리는 혼자서도 잘 논다

고독이 뭔지 좀 안다

# 포플러나무의 두 가지 색

앞의 나무는 뒤의 나무가 짙어지도록 몸을 기울인다

빛을 먼저 받아 안았기에 조금 더 선선하고 밝다

뒤의 나무는 앞에서 흘러온 빛을 간추려 안고 슬그머니 어두워진다

묵은 초록과 새로운 초록을 입은 그림자 사이로 새들은 천천히 흘러 들어간다

자연의 커튼은 언제나 짙고 옅은 두 가지 색을 마련하고 그중 한 가지를 꼭 드러낸다

그리고는 더욱 자세한 초록이 새나오도록 잎사귀 뒤에 바람의 귀를 걸어둔다

흔들릴 때마다 초록

휘늘어지는 초록 뒤집는 초록 반짝이는 초록이

한 가지 색인 줄로만 알았던 포플러나무로부터 가득한 초록을 건넨다

새들이 숨기 좋도록

# 인사

물풀은 늪에 넙죽 인사한다

잘 봐달라고 부탁하는 것이 아니라

한 해 잘 견뎠다고 고맙다고

인사를 잘하는 식물은 늪이 기특하다고 궁둥이를 툭툭 쳐
준다

그러면 내년 자릿세 내지 않아도 된다

그러려고 새들이 좋아하는 씨와 열매를 잔뜩 만들어놓았다

늪은 물풀의 속셈을 모른 척 받아서 진흙 밑에 잘 감추어
둔다

봄에 꺼내보마

# 수놓는 새

생이가래가 밀린다 물결치며 생이가래가 몰린다 오리들이
부리를 파묻는다 그리웠다 이토록 부드러운 맛

말즙의 향긋함이 부리 안으로 밀려든다 눈을 감는다 오리
가 음미한다 이곳을 찾아 수천 킬로미터를 날아왔다

첨벙대기 좋은 날을 오리는 알고 있지 막 씨를 열기 시작
하는 식물에 귀를 대고 있으면

들린다 쇠오리 넓적부리오리 홍머리오리 청머리오리 청둥
오리 흰죽지 댕기흰죽지 알락오리

수줍어서 자꾸 뒤채는 늪에다 수를 놓는다 수천 마리 오리
들이 제 몸을 물결에 둥둥 누볐다 펼쳤다 한다

# 숨은 새

풀들이 가만히 지저귀는 대낮
새소리는 보이지 않는다
어디선가 울려오는 초록의 빛
새들은 숨어서 소리를 낸다
풀과 나뭇잎이 새소리를 가린다
숨은 것이 아니라 숨어버린 것이 된다
나무 안에 있으면 어떤 새라도 나무 색이 된다
새는 풍경에서 사라지고
나무만 새소리를 낸다

# 검은 새

들판의 붉은 새는 해가 떨어지면 검은 새가 된다
늪가의 풀이 어두워지고 흰꼬리수리 사라질 때
청둥오리의 푸른 날개깃은 검어진다
쇠오리의 노란색 아래꼬리덮깃도 검은색이 된다
밤이 짙을수록 새들은 색을 감춘다
홍머리오리의 회색 부리도 검은색
청머리오리의 빛나는 녹색 머리
넓적부리의 밤색 옆구리도 점점 검어진다
검은색은 명백한 밤의 입주
색이 사라질수록 저녁의 새들은 늪의 아침에 수렴된다
색이 색을 숨기는 밤
색이 색을 쫓지 않는 밤
사라진 색에서 숨은 날개깃이 자라기 시작하면
늪은 어떤 색도 두렵지 않을 겨울에 귀속된다
새들은 같은 색으로 잠이 든다

# 풍뎅이와 나

아침에 깨어나 보니 몸이 검푸른 풍뎅이가 되어 있다
카프카를 모방한 게 아니다
밤사이 무슨 일이 일어나긴 했다
헬리콥터는 지붕 용마루를 베어낼 듯이 낮게 날아간다
소리보다 낮게 나는 것이 두렵다
소리는 멈출 수 있어도 낮은 것은 계속 낮아지는 수밖에
낮아지다가 더 이상 낮아질 수 없으면 바닥까지 간다
바닥에서 또 낮아지면 죽은 것이다
지하에는 죽은 자들의 날개가 묻혀 있다
프로펠러 소리에 새들이 바짝 긴장한 채 하늘을 올려다본다
새들은 조류독감이 뭔지도 모른다
나만 풍뎅이가 된 것도 아니어서 옆집 부부도
푸르스름한 풍뎅이로 돌아다닌다
배가 고파 나무진이라도 빨아 먹을까
피잉 하고 날아가려는데 왼쪽 더듬이가 이상하다
만져보니 혹이다
아직은 사람이었다
내가 곤충인지 사람인지 모르고 있었다는 사실을 그때 알

았다
    풀 위의 생명들이라는 글자를 풀 위의 질병들로 읽는다
    왜 하필 풍뎅이가 되었을까 날지도 못하면서
    방역을 마친 헬리콥터가 굉음을 내며 지나가자
    개가 짖고 꽃이 떨어진다
    반인반충의 몸으로 다닐 일을 걱정했다
    반은 사람이었다

# 발목

저녁에는 발목을 점검합니다. 제대로 걸어왔는지, 남은 길은 얼마인지 닳은 가죽과 튀어나온 **뼈** 사이에 알 수 없는 하루가 붙어 있습니다. 떼어낼 수 없는 이유 몇 개는 벌써 발바닥 밑에서 뭉개어졌지요. 하루라도 돌보지 않으면 발이 달아날 수 있으니까요. 누군가를 만나러 갈 때에는 발이 목을 잘 차고 있는지 확인합니다. 발이 몸을 차고 있다고 해도 놀라지는 않아요. 가끔 몸 없는 목이 *끄덕거리기도* 하니까, 다들 그렇답니다.

# 때까치와 뱁새

때까치는 나뭇가지에 숨어 덤불 속을 쏘아본다
몰려다니는 뱁새를 사냥하려고
겨울은 먹이의 색이 희미해지는 계절
때까치는 할 수 없이 갈대숲에 들어가
갈대숲에 드나드는 작은 새 흉내를 내기로 한다
정신없이 몰려다니는 새의 순진함을 기다리는 것이다
뱁새처럼 갈대 줄기에 붙어서
뱁새의 날개와 비슷하게
뱁새와 같이 낭창거리며 연기하고 있지만
뻐꾸기 새끼를 제 새낀 줄 알고 키우는 뱁새도
아주 바보는 아니다
매끈하게 잘빠진 뒤태가 어딘가 수상하고
갈대 줄기에 붙은 날카로운 부리도 이웃이 아닌 것 같고
자꾸만 까닥거리는 꼬랑지가 의심스럽다
뱁새는 갈대숲에 들어앉아 숨소리조차 내지 않는다
때까치 들통 났다
산수유나무에 꽂아놓은 개구리나 먹어야겠다

제4부

# 사랑하는 오리

나는 오리를 사랑해
오리가 보고 싶어 날마다 늪에 갔지
얄궂도록 재미있는 부리와 꼬리의 들썩임
눈을 뗄 수가 없지
오리가 보고 싶어 매일 늪에 갔지
오리들 밥 먹는 것을 보았지
쇠오리는 부리를 수면에 대고 훑듯이 먹이를 먹네
고니는 매자기 뿌리 덩이를 캐 먹지
기러기는 와구와구 말밤을 부숴 먹지
오리가 놀라지 않고
도망가지도 않아서 나는 즐겁네
나는 오리를 사랑하네
오리 생각은 알 수 없지만 무슨 상관

# 되새와 배롱나무

되새는 왜 되새일까
날아갔다가 같은 자리로 되돌아와서 되새일까
같은 길을 되뇌는 새여서 되새일까
되새들은 날개를 뒤집으며 회전 비행을 한다
벼 그루터기에 쏙쏙 들어갔다가
후르르 바람을 일으키며 날아올라 길가 배롱나무에 앉는다
나무는 외롭고 쓸쓸한 겨울을 보내고 있었는데
순식간에 수십 마리의 큼직한 새를 매달았다
어리둥절한 나무에게 새는 무슨 애정이 그리도 많아
발로도 뽀뽀하고 부리로도 부비고
다시 후르르 논으로 내려앉아 떨어진 씨앗을 주워 먹는다
또 무슨 생각에선지 휘이이이 날아올라
아까 앉은 나무에 앉는다
되새들이 날아올라 한꺼번에 나뭇가지에 앉으면
뾰족한 꽃들이 한 뭉텅이씩 달린다
움직이는 꽃들이다
새라는 꽃이다
날아올라 어디든지 갈 수 있는 꽃이다

언제든지 겨울을 되감기해서 돌아올 꽃이다

배롱나무는 풋풋 웃음이 나서 몸을 배배 꼰다

# 불을 건너는 새

새들은 날아가면서 이야기한다
어디로 갈 것인지를 저 건너에 무엇이 있을지
큰기러기들이 늪에 착지할 때 주홍색 발들이 지그재그로
흩날린다
날아가는 새들은 날기를 멈출 수가 없다
날면서 판단해야 한다
불을 향해 날아가는 새
불을 건너는 새
큰말똥가리 두 마리가 작은 새들을 쫓는다
개똥지빠귀가 불길 속을 우왕좌왕하며 날아오른다
검은 공처럼 튀어 오른다
큰말똥가리는 큰 날개를 그물처럼 던지고
작은 새는 죽을힘을 다해 이리저리 흩어진다
불구덩이 안에서 벌건 해가 튀어 나온다
늪이 탄다
물이 탄다
산허리 철탑을 넘어
산꼭대기 구름을 넘어 가는 새의 붉음

불을 쫓는 새들은
불의 저녁을 가져가는 새
불을 마시는 새들은 물에 색을 입히는 새
불붙은 저녁의 새들은
산꼭대기에 올라간 늪을 물어다 물에 풀어놓는다
새들의 발톱이 단단해진다

# 물옥잠은 하트를

흔들리다 보니 사랑을 하게 된 거지

밀려 다니다 보니 동지애가 생긴 거지

발밑에는 버적거리는 흙덩이가

늪에는 장대 같은 비가 쏟아지고

그러다 보니 서로 꼭 붙어 다니게 된 거지

보라색 꽃을 머리에 이고 늪 밖으로 밀려날까 봐

불안했던 거지 강으로 나가기 싫었던 거지

거긴 물옥잠이 이해할 수 없는 죽음의 속도가 있거든

물옥잠의 사랑은 오직 늪에서만 이루어질 수 있음을

꽃이 왜 모르겠니

서로 어깨를 겯고 지내다 보니 얼굴을 자세히 보게 되었지

자꾸 마음이라는 게 간질거리는 거지

비는 계속 오고 발은 푹푹 꺼지고 하트 모양 잎을

꼭 끌어안을 수밖에

# 새의 도리

큰고니 착지할 때 허공에 잠시 뜬 채로 늪을 내려다본다
새의 두 눈은 이웃과 이웃 사이의 공간을 재고 있다
이웃의 휴식을 방해해서도 안 되고
이웃의 먹이를 탐해서도 안 되고
이웃에게 피해를 입힐 일은 더더욱 용납하지 않는다
신중하고 까다로운 예의
큰고니는 발가락을 모으고 물 위에 미끄러진다
두 발로 물의 세기를 조절하고
바람을 일으켜 몸의 기우뚱함을 보완한다
왼쪽 날개와 오른쪽 날개가 맞닿은 수면은
하나의 집중된 힘으로 새의 머리에 가 닿는다
그것은 용감하고 조용한 소용돌이
바다를 건너온 새의 오랜 자부심
수면을 거침없이 내달린 새는 완전히 물을 짚게 된 후에야
늪지대 맛을 보기 시작한다

# 오리들의 홀치기

활짝 펴진다, 오리들
매스게임을 하듯 물을 밀쳐내어 늪 안에 뛰어든다
살대를 세우고 꽃잎을 지탱하는 발가락
날개를 닿지 않게 하는 게 이 꽃의 완벽한 속삭임이다
꽃잎과 같은 날개덮깃은 물 위에 걸쳐놓고
꽃받침과 같은 첫째날개깃에 숨겨온 실꾸리를
달그락 달그락
깨어나지 않을 도리가 없다
새들이 저토록 잡아당기고 늘이니
올올이 새의 코바늘과 같은 발가락에 걸려서
꽃들을 꿰매어야 한다
늪을 홀쳤다 감았다 하는 사이
옷이 만들어졌다
집에 가자!

## 새의 자부심

백로의 등줄기에 뻗어 나온 것

가슴이 위로 올라가 뼈를 들어 올렸나

양쪽 날개를 고정하기 위하여 긴 받침대를 넣었는가

날개 끝에는 초록을 일으키는 바람이 불고

새의 한복판을 가로지르는 돋을새김

몸을 세우는 기둥이라고 해야 할지

날개를 묶는 핀이라고 해야 할지

중심을 잡아야만 몸이 달아나지 않을 것이기에

한쪽으로 치우치지 않으려고

뼈와 날개 사이에 보일 듯 말 듯 돋아난

그것은 새의 자부심

# 왜 물새라고 하는지


　새들이 달릴 때에는 물에 자국이 남는다. 물을 둥그렇게 파내는 것이 새들의 발자국이다. 발가락을 내딛을 때마다 물보라가 일면서 무게가 실린다. 물결 아래로 찍히는 속력은 생기는 즉시 깊이가 되어 사라진다. 둥그렇게 찍은 후에는 어김없이 원래의 물결로 되돌리는 힘이 물에게는 있다. 새들은 큰 날개를 들어 올리며 온 힘을 다해 물을 애무하고 물은 힘껏 새를 받치면서 지상으로 들어 올린다. 다시 돌아올 것을 알기에 그렇게 한다. 물과 새는 한시도 잊지 못하고 서로 부르는 사이, 그래서 물에 사는 새라고 하지 않고 붙여서 물새라고 한다.

# 새들의 배경은 물결

새들이 힘껏 물을 박차고 나갈 때
늪은 어디로도 밀리지 않고 옆으로 움직인다
흘러가는 새들
늪은 바람이 일으키는 노래를 마주 듣고
안에서부터 푸른색으로 흔든다
옆으로 옆으로
물결이 물결로 건네는 것
새들의 물갈퀴에 어부의 시간을 배게 하는 것
햇살은 늪을 가늘게 쪼개어서
새가 보기 좋게 열어둔다

# 쇠기러기 바람

쇠기러기 바람을 타고 나뭇가지 사이로 날아간다
날아가는 깃 속에 바람의 눈이 숨어 있다
새들은 바람의 눈을 멀리서부터 숨겨왔다
새의 몸에서 따뜻하게 익어온 북쪽의 바람은
알맞게 잘 익은 먹이를 안내할 것이다
새들이 좋아하는 먹이는 오래된 습원에 있다
쇠기러기들이 공중에서 날개의 등을 켠다
큰 활이 되어 우아한 동작을 뿜어낸다
날개 안에서 말캉해진 바람이 깃털을 가닥가닥 부풀린다
다른 늪의 새들은 갈대꽃이 흩날리는 제방을 넘을 때 벌써
펼쳐진 대답을 조금씩 꺼내 먹는다
쇠기러기 바람은 단 한 가지
　보리밭에 착지할 때 바람이 좋아하는 자세를 유지하는 것
이다
　농부가 늦잠을 자면 더 좋아한다

# 청둥오리와 어부

소리 없이 날아가는 새
물 위를 스치듯이 날아가 검은 숲을 통과한다
광택이 나는 녹색의 날개
오후의 빛은 물에 닳아 없어지고
나무의 검은 가지가 저녁을 뒤로 숨긴다
청둥오리의 청색은 간데없고
오리의 날개
오리의 가슴이 희게 번쩍였다가 사라진다
색이 있는 날개는 색이 없는 것과 같아지고
오직 흰색만 더욱 희어진다
수면을 박차고 낮게 날아올라
버드나무 숲을 가로지르는 청둥오리의 배는
어부들이 끌어가는 배와 같이
잘 빠져나가고 잘 미끄러지는 구조
물새와 어부의 배는 서로 닮았다
물을 좋아하는 것
물이 먹여 살리는 것

# 그물에 걸린 큰기러기

거기 혼자 있었다

꼼짝 없이 그물에 걸린 채

햇볕은 따뜻하고

다른 새들은 날아가고

큰기러기 한 마리 늪에 남아 있었다

가만히 한곳을 응시하고 있었다

얼마나 두려울지

얼마나 기가 막힐지

잡아먹히는 것보다 더 무서운 것은

그대로 밤을 맞이하는 것이었다

한 발자국도 움직이지 못하고 하염없이

젖은 날개는 점점 물속으로 가라앉을 것이었다

다음 날이 될지 그 다음 날이 될지

부주의했던 것일까?

딴 생각에 빠졌던 것일까?

그물에 걸린 제 발가락이 날개를 끌어내릴 줄

생각이나 했을까

# 흰꼬리수리의 날카로운 발톱에 채여서 가는

한가로이 놀던 새 한 마리

날개 죽지를 잡힌 채 공중으로 올라간다

자신의 날개를 움직여야만 떠오를 수 있었던 공중을

갑자기 포식자의 힘으로 날게 된 작은 새는 잠시 후면

뜯어 먹힐 운명

황조롱이 날랜 두 발에 잡혀가는 들쥐의 꼬리

뱀의 아가리 안으로 밀려들어가는 개구리의 눈

새가 물고 있는 잠자리 날개엔 어떤 후회도 근심도 없다

흰꼬리수리의 날카로운 눈에 들어간 쇠오리는

흰꼬리수리와 같이 날아가며 무슨 생각을 할까

무슨 생각이라는 것이 있을까

무슨 생각이 있어 죽으러 가는 것을 알까

그렇게 끌려갈 줄 생각이나 했을까

죽어가는 개구리의 눈에는 왜 붉은 피가 흐르는지

쥐의 꼬리는 왜 그렇게 팽팽하게 말리는지

흰꼬리수리의 날카로운 발톱에 채여서 가는 쇠오리 눈은

왜 그렇게 예쁜가

# 이상한 갈대

씨 날려 보내고 홀쭉해진 겨울 갈대는

대를 움직여서라도 늪을 가리려고 한다

대체 무엇을 가리려고 하는 걸까

억지로 밀치고 늪을 보려 하니

갈대가 대나무같이 뻣뻣하게 저항한다

왜 새를 보지 못하게 하는 것이냐

새와 대관절 무슨 사이냐

팔꿈치로 대를 쿡쿡 치면서 앞으로 가노니

갈대는 더는 버티지 못하고 옆으로 비켜선다

갈대 속에 숨어서 바라보는 늪에는

갑자기 고니와 기러기들이 와아 일어나고

선버들 끝에서는 쇠오리 청둥오리가 와아 일어나고

비상이다 이상하다

새들은 새카맣게 날아오르고

나는 공연히 미안해서 어쩔 줄 모르고

아무 짓도 안 했는데

갈대는 자꾸 옆구리를 찔러대고

# 용서의 색

상처는 검은색

바람은 흰색

꽃은 노란색

발톱은 회색

각각의 색이 내 몸을 만들었지

피부는 은둔의 색

눈썹은 살피는 색

코는 주장하지 않는 색

용서는 흰색

검은색이 스미어 흔들면 빠져나가는 분노

별들이 내려앉은 색

달릴 때마다 묵직하게 쟁여놓은 색이 빠져나간다

눈물을 흘리면 3그램의 밤이 빠진다

새벽이 오면 나는 아무 색도 아닌 색

내 심장을 누르는 네 심장을 걷어내면 남는 색

흰색

# 어울림과 그 속살

신덕룡

## 1.

손남숙 시인의 첫 시집, 『우포늪』을 읽으면서 몇 해 전 TV에서 보았던 옐로스톤 국립공원의 미루나무를 떠올렸다. 원래 이 공원은 숲이 아름답기로 유명했는데 어느 순간부터 숲이 사라지면서 메마른 땅이 되었다는 것이다. 이런 변화를 이상하게 여긴 생물학자들이 다양한 역학조사를 실시했다. 우선, 큰 기후변화가 있었느냐를 살펴보았다. 이 지역을 제외한 주변의 숲이 번성한 것으로 보아 기후변화가 원인은 아니었다. 두 번째는 이 지역에 70년 이상 된 나무만 있었고, 새로 자란 나무가 없다는 것을 밝혀냈다. 두 가지 사실을 바탕으로 생태계 전반을 조사하던 중 새로운 사실이 밝혀졌다. 다름 아닌 그 많았던 늑대들이 없어졌다는 사실이다. 사람들이 이 땅에 이주해서 농사를 지으면서 10만 마리의 늑대를 사냥했고, 1930년대에는 늑대가 멸종되었다는 것이었다. 그래서 1990년대에 캐나다에서 늑대 세 마리를 들여와 풀어놓았다. 이후로 초원과 숲이 살아나기 시작했다. 생태계의 상층에 있는 늑대가 활보하면서 호수가 생기고 호수 주변에 풀과 어린 미루나무와 버드나무가 자라나기 시작했다. 구체적으로는 이 지역에 서식하는 수많은 엘크(사슴)들이 물가나 초원에서 편안하게 나뭇잎을 먹을 수 없게 된 것이다. 지금껏 이들이 나무가 자라기도 전에 어린 싹을 다 먹어치웠기에 땅이 황폐해진 것이었다.

처음에는 늑대와 미루나무가 무슨 상관이랴 싶었는데 그게 아니었다. 물과 나무와 동물들이 함께 살아야 생태계가 풍요로워진다는 것을 새삼 깨달을 수 있었다. 풍요로움은 다양한 존재들의 '어울림'과 적당한 '긴장감'을 근간으로 한다. 사실, 손남숙 시인의 시집은 풍요로움으로 가득 차 있는데 나는 왜 황폐함을 떠올리게 된 것인가? 시집 한구석에서 발견한 불안한 눈빛 때문이었다. 이 눈빛은 긴장감을 뛰어넘어, 풍요로운 세계를 한꺼번에 혼란으로 몰아넣을 만큼 강렬하게 다가왔다.

> 논두렁에 앉은 원앙은 귀를 바짝 세운다
> 방금 이상한 소리를 들었다
> 인간이 몰고 다니는 기계 덩어리에서 나는 소리
> 어떤 사람이 차를 세우고 창문을 내린다
> 새에게는 명백한 문제이다
> 달리는 차가 멈추고 사람의 눈이 바삐 움직인다

원앙은 왜 기계 덩어리가 멈추었는지 알고 있다
미묘하게 간지럽고 미묘하게 위험하다
원앙은 평온한 삶에 갑자기 끼어든 소리를
조심스럽게 지켜본다
소리가 달릴 때에는 조심하지 않아도 된다
소리는 새들을 지나쳐 가던 길을 계속 갈 것이다
하지만 소리가 멈출 때에는 분명 문제가 있다
문제가 문제를 몰고 다닌다 틀림없이
소리의 변경은 새로운 적의 형태
가장 의심스러운 소리는 차 안에서 숨을 죽이고
어떤 소리가 생기기를 기다리는 눈동자
어떤 소리를 만들어내려고 준비하는 손
사람이 조작하는 소리를 새들이 긴밀히 엿듣고 있다

—「원앙과 기계 덩어리」 전문

늪을 터전으로 살아가는 원앙과 사람의 관계를 생생하게 보여주는 작품이다. 시에서 보듯, 원앙은 "이상한 소리", "기계 덩어리"에서 나는 소리를 듣고 "귀를 바짝" 세운다. 사람의 소리다. 이 소리가 "미묘하게 간지럽고 미묘하게 위험하다"라고 하듯, 원앙의 불길한 기억과 연결되어 있다.

생태계 파괴의 주범을 인간으로 지목하듯, 인간은 자신의 필요에 의해 적극적으로 자연에 개입해왔다. 그 필요는 단순한 놀이(사냥)일 수도 있고, 인간 자신이 살아가기 위한 것일 수도 있다. 중요한 것은 인간이 자연과 더불어 살기 위한 노력을 하면서 자신의 영역을 넓혀왔느냐는 것이다. 시인은 그렇지 않다고 한다. 원앙의 처지에서 볼 수 있듯, 인간의 무분별한 욕망이 다른 생명을 위협하고 있다. "차 안에서 숨을 죽이고", "어떤 소리를 만들어내려고" 하고 있다는 것이다. "어떤 소리"가 총소리이고, 이 소리는 죽음을 부르는 소리라는 것이다. 죽음의 위협 앞에 놓여 있는 생명들의 삶, 그렇기에 이런 삶들이 만들어내는 세계가 더 없이 귀하고 소중하다는 생각이 이 시집 저변에 깔려 있는 시인의 사유다. 시인의 안내를 따라 위협 앞에 놓인 세계 속으로 들어가보자.

## 2.

음악에서 말하는 어울림이란 서로 다른 두 음이 잘 융합해서 조화로운 소리를 내는 것을 말한다. 서로 다른 음이 조화롭게 되려면 무엇보다도 서로에게 간섭을 하지 않아야 한다. 각각 제 소리를 내면서도 자기 소리만을 고집하지 않아야 한다. 자기 소리만을 고집할 때 그야말로 불협화음으로 우리를 불편하게 하는 것이리라. 이를 모든 존재들의 관계로 확대하면, 각각의 존재들이 자신의 삶을 영위하면서 공동생활을 이끌어간다는 것이다. 전제 조건은 의외로 간단하다. 서로가 서로에게 대등한 존재라는 것, 그래서 서로 존중하고 배려해야 한다는 것이다. 이것은 인간과 자연의 관계에서도 흔히 적용되는 말이자 덕목이다. 그러나 근대 이후, 인간은 늘 자연보다 우월한 위치에서 자연을 이용해왔다. 특히 생산력 중심의 경제 체제는 대규모로 자연을 파괴해왔고, 화폐로 교환될 수 있다면 어떤 일도 마다하지 않았던 것이 사실이다. 그 결과, 어울림의 덕목이 살아 있는 공동체는 찾아보기 힘들어졌다. 남아 있다면, 그나마 인간의 손길에서 벗어난 몇몇의 자연 공동체가 있을 뿐이다. 그중 대표적인 것이 우포늪이리라.

시인은 우포늪에서 조화롭게 살아가는 생명 공동체의 모습을 우리에게 보여준다. 마치 우리 눈앞에 맑은 유리창을 꺼내놓듯, 저편의 풍경을 펼쳐놓는다. 때로는 가깝게 때로는 멀찍이 떨어져서 시인의 창을 통해 우포늪의 진경을 보게 된다. 그 진경을 만드는 것은 다름 아닌 물이다. 그 첫 번째,

> 마름은 물을 따라 자꾸 밀린다
> 늪이 물을 내어보내려고 마름을 젖힌다
> 물속이 말개진다
> 마름은 물을 거역하지 않고
> 물속을 들여다보는 새들과 함께 틈을 만들어낸다
> 물을 벌렸다가 다시 포개어놓을 때마다
> 잎이 붉어졌다 푸르렀다 한다
> 늪 가장자리까지 밀려간 마름은
> 목이 잠길 때까지 붉어진다
> 물에 가까울수록 녹색이 선명하다
> 묽어지는 것과 뒤집어지는 것
> 사라지는 것과 갈라지는 것 사이에 길이 생기고
> 길은 또 다른 길을 물밑에 넣어둔다
> 새벽에 나갔다 들어오는 장대거룻배에는

길을 받쳤던 물빛이 축축하게 달라붙어 있다
다가올 시간들이 둑 어귀에 붙들린다
둘레가 그득하다

—「마름과 배」 전문

물과 마름과 새와 인간이 공존하는 모습이 잘 나타나 있다. 공존이란 각각의 존재가 자신의 영역을 가지고, 서로의 존재를 인정하며 살아가는 것이다. 더불어 사는 것이다. 이 시에서는 더불어 살되 시끄럽지 않다. 조용하게 자신의 영역과 역할을 수행하고 있다. 이는 "틈"을 만드는 행위로 구체화하는데, 틈이란 서로에게 삶의 길을 열어주는 공간이다. 우선 물과 마름의 관계를 보자. "마름은 물을 따라 자꾸 밀린다". 밀린다고 하지만 억지로 밀려나는 것이 아니라 "거역하지 않고", "물속을 들여다보는 새들과 함께" 틈을 만들어낸다.

이렇게 만든 "틈"이 길을 만들고, 길은 "또 다른 길을" 만들어내고 있다. 그 길은 물 위에도 있고, 물밑에도 있다. 물 위로 나는 길이 새의 길이라면, 물밑으로 나는 길은 날지 못하는 존재들이 살아가는 길이다. 나아가 모든 생명체들과 함께 어울려 사는 인간의 길은 "새벽에 나갔다 돌아오는 장대거룻배"로 나타난다. 한 폭의 그림 속에 조용히, 그리고 다툼 없이 이루어지는 공존과 공생의 모습이다. 그 바탕에 물이 있다. 시인이 "물의 압도적인 영향"(「8월」)이라고 하듯, 이 시집은 물을 중심으로 살아가는 존재들로 가득 차 있다. 고라니, 꾀꼬리, 기러기, 청딱따구리, 왜가리, 고니, 물총새 등등 새는 말할 것도 없고 나비, 벌, 개구리, 사마귀, 딱정벌레와 물옥잠, 달뿌리풀, 가시연꽃, 생이가래, 자라풀 등등 수를 헤아릴 수 없는 동식물들이 그들이다.

사실, 물의 힘은 인간과의 관계에서 더 위력적이다. 앨런 와이즈먼이 "인간의 우월성에 대한 자연의 복수는 물을 타고 온다"(『인간 없는 세상』)라고 말하듯, 물은 은밀하고 자연스럽게 모든 사물 속에 스며든다. 스며들어 자신이 이루어놓지 않은 것들을 원래의 상태로 되돌려놓는다. 이 스며듦은 곧 물이 모든 삶에 관계하고 있다는 뜻이다. 더 구체적으로 말하면 두 가지 의미를 지닌다. 첫째는 인간이 만든 인위적인 것들을 원래의 상태로 복귀시키는 힘을 지녔다는 것이다. 둘째는 생명체들이 살아가는 근원적인 힘으로 작용을 한다는 것이다. 이 둘의 공통점은 생명력인데, 이 바탕 위에서 다양한 생명 활동이 이루어진다. 어울림의 삶이다. 시인은 이 어울림을 "놀라운 연주"(『새의 주름』)로 상징화한다.


    ① 큰고니 날개 안에는 가장 큰 무늬
       그보다 조금 작은 무늬
       두 개의 무늬보다 훨씬 더 작은 무늬들이
       깊은 해안선이나 협곡처럼 펼쳐지고
       날개를 접을 때마다 숨겨온 리듬이 돋아난다
       그처럼 안을 밀어내고 밖을 밀어오는 물결은
       큰고니의 날개 바깥쪽에 머무는 가장 큰 깃털이

세상에서 가장 벅차고 용감한 음악을 횡단하려고
접었다 펴는 일
놀라운 연주가 시작된다

—「새의 주름」 부분

② 소리는 색의 받침과도 같아서
　식물의 씨앗을 층층이 쌓아놓고
　저 강바닥 기슭에서부터 소리를 쏘아 올린다 그러면
　늪의 표면에 연둣빛 꼼지락거림이 올라온다
　식물은 소리들이 잘 이어지게 물에 바짝 붙어 다닌다

—「늪은 카펫 공장」 부분

①은 겨울날의 큰고니의 삶을 보여준다. 주지하다시피 큰고니는 천연기념물로 우리나라에서 겨울을 나는 철새다. 크고 우아한 날개를 펴서 우포늪을 날아다니며 마름이나 풀뿌리 등 식물성 먹이를 먹으며 월동한 후, 다시 추운 북쪽 지방으로 이동한다. 시인은 이런 큰고니의 날개에서 삶의 기록들을 찾아낸다. 우포늪의 생태를 하나의 텍스트로 읽어내는 것이다. 자연이 "읽을 책"(「꽃과 새들이 열람하는 우포늪」)이어서, "독서"(「가시연꽃에 머문 말」)한다고 하듯 찬찬히 새의 기록들을 찾아내는 것이다. 그 기록들은 "깊은 해안선이나 협곡처럼 펼쳐지고/날개를 접을 때마다 숨겨온 리듬"이다. 이 리듬 속에는 "수천 시간의 날갯짓으로 다져온 기후대"(「꽃잎의 늪」)가 들어 있기도 하다. 그렇다면 이런 기록들이 의미하는 바는 무엇인가. 우포늪이 어느 한

지역에 고립된 공간이 아니라 오랜 시간 동안 다른 지역과 교류하며 긴밀하게 관계하고 있는 생명 공동체라는 인식이다. 따라서 그가 새의 몸속에 새긴 풍경과 리듬을 읽어내고, "세상에서 가장 벅차고 용감한 음악"을 듣는 것은 당연하다. "세상에서 가장 벅차고 용감한 음악"이란 생을 이끌어가는 역동적인 힘이 아닌가.

②는 시인의 귀가 안팎으로 열려 있음을 보여준다. 열린 상태로 생명 공동체의 속살을 드러낸다. 앞의 시가 눈으로 듣는 음악이라면, 이 시는 마음으로 듣는 음악이다. 이는 들리지 않는 "소리"로 나타나는데, 그 소리는 움직임이며 "색의 받침"과도 같다. 시의 어법에 따르면, 색의 받침 그 아래 있는 것은 "강바닥"이다. 소리와 색이 모두 물속에 있다는 것이다. 물속의 일을 볼 수 없지만, 물속은 바쁘다. 보이지 않고 들리지도 않는 움직임이다. 이 움직임이 다름 아닌 생명 활동이다. 식물의 씨앗들이 봄을 맞아 겨우내 움츠렸던 몸을 천천히 움직이다가 "강바닥 기슭에서부터 소리를 쏘아" 올리는 것이다. 가려져 있던 생명의 움직임들이 어느 순간에 "늪의 표면에 연둣빛"을 깔아놓는다. 들을 수 없던 소리가 색채(연둣빛)로 변하는 놀라운 풍경이 아닐 수 없다.

이러한 발견은 시인의 열려 있는 눈과 귀가 없다면, 보고 듣고 말할 수 없다. 물과 씨앗의 생명력과 시간 그리고 함께 살아가는 모든 생명들이 서로 연결되어 있다는 인식은 부분이 전체이며 전체가 부분이라는 전일적 세계관이 바탕이 되어 있음을 말해준다. 시인 역시 생명 공동체의 일원으로 놀라운 연주 속에 동참하고 있는 것이다.


### 3.

그렇다면, 우포늪의 생명 공동체는 사랑과 배려와 나눔으로 충만한 평화의 공간인가? 그렇지 않다. 공동체란 말 그대로 여럿이 모여 어울려 사는 집단이다. 여럿이란 말 속에 이미 갈등이 내포되어 있다. 각각의 생명체들은 스스로 성장하고, 생명을 유지하고 전파하는 생명 과정을 겪는다. 즉 각각의 생명들은 일정한 방향과 목적을 가지고 살아간다는 뜻이다. 생명을 유지하려는 본성적인 의지와 함께 자기 구현이라는 내재적 가치를 지니고 있는 것이 생명이기 때문이다.

이런 생명들의 활동은 필연적으로 다른 생명체와의 갈등을 내포하고 있다. 이 갈등과 충돌은 삶 속에 나타나는 자연스런 현상이다. 따라서 먹고살기 위한, 목숨을 건 투쟁이 생명 활동의 기본적인 속성이 될 것이다. 그야말로 본성적이며 필수적인 욕망들의 충돌이 우포늪의 또 다른 모습이라 할 것이다. 이를 바라보는 시인의 시선과 입장을 따라가보자.

> 물총새는 돌연 선회하여 풀숲에 뛰어든다
> 자신을 지켜보는 한 눈동자를 알아챘다
> 갈댓잎에 앉아 사냥을 계속할 것인지 판단해야 한다

물총새는 벌새처럼 공중에 떠서
내가 숨을 한 번 참는 사이 다섯 번의 날갯짓을 한다
새의 눈은 쏜살같이 표적을 향한다
표적이 된 나는 물총새의 꽁무니를 쫓아 허둥지둥한다
새는 얼마든지 나를 놀릴 수 있다
물총새는 계속 자리를 바꿔가며 물고기를 노리고
잡으려는 새와 잡히지 않으려는 물고기
새를 보려는 나와 들키지 않으려는 새 사이에는
보이는 색과 보이지 않는 호흡이 있다
물총새는 뜸을 들이지 않는다
백로처럼 발을 흔들어 물고기를 유인하지도 않고
해오라기처럼 포복하지도 않는다
물총새는 물속에 내리꽂히듯이 뛰어들어 물을 올리고
물을 둥글게 파내어 물고기를 집어낸다
물고기의 꼬리가 부르르 떨리다가 멈춘다
물총새의 눈과 물고기의 눈이 마주치는 순간
나는 어디에도 없는 사람
물총새는 사람 따위 관심도 없었다
물고기를 삼키고 유유히 자리를 떠난다

—「물총새」전문

  이 시는 물총새가 물고기를 사냥하는 장면을 마치 현장 중계
하듯 생생하게 보여준다. 이 장면에 어떤 감정도 개입되어 있지
않다. 다만, 이 장면을 몰래 훔쳐보는 자의 긴장감이 나타나 있
을 뿐이다. 좀 더 구체적으로 살펴보면, 화자는 물총새가 사냥
하는 광경을 훔쳐보고 있다. 훔쳐보는 시선을 물총새가 느꼈다.

그럼에도 불구하고 물총새는 화자의 시선을 전혀 의식하지 않는다. "물총새는 자리를 바꿔가며 물고기를 노리고", 나는 그 장면을 숨어서 보려고 노력하고 있다. 물총새는 나의 시선을 무시하고 "물속에 내리꽂히듯 뛰어들어 물을 올리고" 물고기를 잡는다. 이런 물총새의 생태적 특성을 잘 드러내기 위해 백로, 해오라기와 같은 새를 등장시키고 있다.

중요한 것은 "물총새의 눈과 물고기의 눈이 마주치는 순간/나는 어디에도 없는 사람"이라는 전언이다. 이 엄숙한 현장에 내가 개입할 여지가 없다는 것이다. 이는 물총새의 생명 활동의 중요성과 함께, 나 역시 물총새나 물고기와 같이 생명 공동체의 일원에 지나지 않는다는 사실을 말해주는 것이다. 이러한 모습은 다음의 시에서도 잘 나타난다.

 

　① 때까치는 나뭇가지에 숨어 덤불 속을 쏘아본다
　　몰려다니는 뱁새를 사냥하려고
　　겨울은 먹이의 색이 희미해지는 계절
　　때까치는 할 수 없이 갈대숲에 들어가
　　갈대숲에 드나드는 작은 새 흉내를 내기로 한다
　　정신없이 몰려다니는 새의 순진함을 기다리는 것이다
　　뱁새처럼 갈대 줄기에 붙어서
　　뱁새의 날개와 비슷하게
　　뱁새와 같이 낭창거리며 연기하고 있지만
　　뻐꾸기 새끼를 제 새끼 줄 알고 키우는 뱁새도
　　아주 바보는 아니다

매끈하게 잘빠진 뒤태가 어딘가 수상하고
갈대 줄기에 붙은 날카로운 부리도 이웃이 아닌 것 같고
자꾸만 까닥거리는 꼬랑지가 의심스럽다
뱁새는 갈대숲에 들어앉아 숨소리조차 내지 않는다
때까치 들통 났다
산수유나무에 꽂아놓은 개구리나 먹어야겠다

—「때까치와 뱁새」 전문

② 새호리기에게 **빼앗긴** 꾀꼬리 새끼는 노란색이 찢어진 채
　 포식자의 부리 안으로 사라진다
　 어미는 부리 안이 헐리도록 울부짖지만 노란색은 흩어지고
　 마침내 사라지는 약자의 색
　 슬프게도 노란색은 계속 노란색이다
　 꾀꼬리는 노랗다

—「꾀꼬리」 부분

　두 편의 시 모두 생명 활동을 보여주는 작품이다. ①의 시는 앞의 시 「물총새」와 같이 생명 활동의 구체적 상황과 정황을 보여준다. 때까치는 뱁새를 사냥하기 위해 나뭇가지에 숨어 있기도 하고, 갈대숲에 드나드는 작은 새 흉내를 내기도 한다. 뱁새 역시 바보는 아니다. 때까치가 자신을 노리는 것을 눈치채고 "갈대숲에 들어앉아 숨소리조차" 내지 않고 가만히 숨어 있다. 그야말로 목숨을 걸고 행해지는 긴장감 넘치는 생존의 현장이다.

　②의 시는 좀더 비극적이다. 이미 새호리기는 꾀꼬리 새끼를 잡아 찢어 먹고 있다. 새끼를 잃은 어미새가 "부리 안이 헐리도

록 울고 있지만" 상황을 되돌릴 수 없다. 시인은 이런 비극적 현
장을 "마침내 사라지는 약자의 색"이라고 표현하고 있다. 슬픔
을 억제하고 있는 표정이 역력하다.

　이들 시편의 공통점은 우선, 시인이 동물들의 생태적 습성
을 세세한 부분까지 알고 있다는 점이다. 아주 가까이서 오랫동
안 지켜보고, 그가 말하듯 공부하지 않았다면(「꽃과 새들이 열람하
는 우포늪」) 도저히 보여줄 수 없는 생생함이 살아 있다는 것이다.
또 하나는 화자가 이런 생명 활동의 과정에 개입하지 않고 있다
는 사실이다. 이것은 매우 의미심장한 일이다. 우리는 흔히, 생
명 활동에 의미를 부여하고 싶다는 유혹을 느끼며 산다. 이른
바 윤리적 선택에 대한 유혹이다. 뱀과 개구리, 때까치와 뱁새,
물총새와 물고기의 관계에서 강자와 약자라는 구별 짓기를 시
도한다. 구별 짓기와 동시에 약자의 편에 서야 한다는 무의식적
판단을 하기 쉽다는 것이다. 마치 생명 공동체의 문제를 인간
사회의 문제로 끌어오려는 유혹인 셈이다. 그러나 앞서 말했듯
생명 활동은 자신의 생명을 유지, 전파하려는 생명체 고유의 속
성이며 가치 실현의 행위이다. 생명 공동체 내에서 먹고−먹힘
의 관계는 자연스러운 관계라는 점이다. 여기에 인간이 끼어들
명분은 어디에도 없다

　손남숙 시인과 이 시집의 특징과 미덕이 잘 드러나는 부분이
다. 그는 우포늪에서 가장 우월한 존재라고 믿는 사람이 아니
다. 때까치는 때까치대로의 삶이 있고, 뱁새는 뱁새대로의 삶이
있고, 물총새는 물총새 나름의 삶이 있다는 것이다. 시인 역시

함께 살아가는 생명 공동체의 일원에 불과하다는 자기 인식이
그것이다.


## 4.

우포늪에 사는 식구들 중 하나라는 자기 인식은 이 시집 전
체에 걸쳐 나타나는 시인의 태도 속에 잘 드러나 있다. 근대 이
후, 우리의 몸과 마음에 배어 있는 우월한 존재로서의 인간, 즉
인간이 자연에 개입할 수 있다는 믿음에서 벗어나 있다. 아울
러 섭식 관계에서 나타날 수 있는 맹목적인 연민에서도 벗어나
있다. 어울림이 지닌 보다 큰 의미를 체득하고 있다는 것이다.
이러한 태도는 자연의 모든 생명체와 '나'를 하나로 받아들이
는 전일적 사고 위에 나타난다. 그러니 "나는 어디에도 없는 사
람"(「물총새」)이 될 수 있는 것이다.


> 나는 점점 새를 닮아간다
> 새에게 잘 보이기 위해서
> 새처럼 보이기 위해서
> 사람 냄새 빼놓고 다닌다
> 새가 놀라지 않도록
> 내 옷은 낡고
> 내 얼굴은 흙처럼
> 새들은 해마다 다채로운 색으로 갈아입지만
> 나는 날마다 색을 빼고 물이 빠지게 한다

새들이 몰라보도록

나는 시든 풀이나 썩은 나무둥치와 같은 색

새가 나를 좋아한다

—「새가 좋아한다」 전문

이 시에서 보면 화자는 새를 "닮아가"는 사람이 되고 있다. 자칫 과장된 표현으로 보여질 수도 있다. "새에게 잘 보이기 위해서" "사람 냄새를 빼놓고" 다니면서 새를 닮아간다고 한다. "새가 나를 좋아한다"라고 하고 있으니 더욱 그렇다. 그러나 이런 자기 고백에 신뢰가 가는 것은 그 과정의 진실함 때문이다.

시에 나타난 바대로 보자면, 인간중심주의에 젖어 있는 지금까지의 통념상 주객이 전도된 상황이다. 여기에는 새처럼 자유롭고 싶다는 욕망도 끼어들 여지가 없다. 이 시집의 주도적 이미지로 작용하는 '틈'과 '날갯짓' 역시 마찬가지다. 새가 날아오를 때 늪이 "옆으로" 움직여 길을 트고, 햇살 역시 "늪을 가늘게 쪼개" 보기 좋게 한다고 하듯 공존하고 공생하는 모습으로 나타난다. 즉 벗어남이 아닌 스며듦에서 오는 자유를 맛보고 싶다는, 자연의 일부가 되고 싶다는 소박하지만 강렬한 열망의 표현이라 할 것이다. 자신이 "풍뎅이"(「풍뎅이와 나」)가 되었다는 것도 마찬가지다. 물과 식물과 동물이 "길"을 만들듯 그 길 위에서 함께 공존하고 싶은 것이다. 시인이 지금껏 우리에게 보여주었던 수많은 생명체들에 대한 애정과 배려, 겸허함, 자연과 나를 하나로 보는 사유가 바탕에 깔려 있기에 가능한 일이다. 또한 이런 태도로 생명 공동체 깊숙이 들어가 그 속살을 우리에게 보여주었고, 감동을 전해주었다. 시인의 말대로 새들이 몰라보라고, 새들이 저와 같은 존재라고 느끼도록 스스로 인간의 "색을 빼고 물이 빠지게" 하는 노력에서 비롯한 것이리라.

辛德龍 | 시인·광주대 교수

푸른사상 시선 57
우포늪